ELOGIO DA BICICLETA

Título original:
Éloge de la byciclette

Tradução: Ana Pinto Mendes/Lufada de Letras

Revisão: João Moita

Capa: Edições Almedina

Depósito Legal n.º 473479/20

Biblioteca Nacional de Portugal – Catalogação na Publicação

AUGÉ, Marc, 1935-

Elogio da Bicicleta (Extra-Coleção)
ISBN 978-972-44-2371-5

CDU 612

Paginação:
Aresta Criativa – Artes Gráficas

Impressão e acabamento:
ARTIPOL - www.artipol.net

para
EDIÇÕES 70
setembro de 2020

EDIÇÕES 70, uma chancela de Edições Almedina, S.A.
LEAP CENTER – Espaço Amoreiras,
Rua D. João V, n.º 24, 1.03 – 1250-091 Lisboa – Portugal
e-mail: editoras@grupoalmedina.net

Marc
Augé

ELOGIO DA BICICLETA

70

A BICICLETA,
DO MITO À UTOPIA

Não podemos fazer o elogio da bicicleta sem falar de nós mesmos. A bicicleta faz parte da história de cada um. Aprender a andar de bicicleta devolve-nos a certos momentos da infância e da adolescência. Por seu intermédio, cada um de nós descobriu um pouco do seu corpo, das suas capacidades físicas e provou a liberdade que lhe está associada. Falar da bicicleta, para alguém da minha geração, é assim, fatalmente, evocar as suas recordações. Mas não são recordações unicamente pessoais; estão enraizadas numa época e num meio, numa história partilhada com milhões de outros. Depois da Segunda Guerra Mundial, o ciclismo, como desporto eminentemente popular, reencontrou uma dimensão épica, nomeadamente com o regresso da Volta à França. Esta dimensão sobrevive nos dias de hoje, apesar da crise associada aos desvios do desporto profissional e à dopagem. É uma crise grave por um sem-fim de razões, nomeadamente porque diz respeito à memória íntima e à mitologia pessoal de cada um. Todavia, precisamente por esta razão, quem sabe esta crise não se resolve, já que os mitos são duros de roer. E, além disso, as políticas camarárias vêm em seu socorro. No preciso momento em que a urbanização do mundo condena os sonhos rurais a refugiarem-se nos lugares-comuns da natureza ordenada (os parques nacionais) ou em simulacros de natureza imaginada (os parques de diversões), o milagre do ciclismo devolve à cidade o estatuto de terra de aventura ou, no mínimo, de viagem. Este milagre fazia há muito o encanto de cidades como Amesterdão ou Copenhaga, mas eis que os planificadores das nossas cidades começam por seu turno a acreditar em milagres e procuram, não sem alguma falta de jeito, trazê-los à realidade nas duas cidades de França mais congestionadas pelo trânsito automóvel. Tanto em Paris como em Lyon, disponibilizar gratuitamente bicicletas aos habitantes ou aos visitantes significa obrigá-los a verem-se e a encontrarem-se, a socializarem nas ruas, a repensarem os espaços de coabitação, a sonharem a cidade. Já não estamos em 1968. Atualmente, mudar de vida é, antes de mais, mudar a cidade. Há muito a fazer e tudo o que já se fez nem sempre foi bem feito. Mas que uma utopia tenha encontrado o seu lugar, já não é pouco.

O MITO VIVIDO

O mito e a história

Comecemos com algumas datas e referências. Citá-las-ei de maneira solta, procurando que quem não teve oportunidade de testemunhar possa compreender um pouco o momento muito especial que foi o final dos anos 1940. Acabados de sair das piores atrocidades da História, no rescaldo das primeiras explosões atómicas, na véspera daquilo a que em breve designaríamos por equilíbrio do terror, numa Europa que, sob muitos aspetos, não havia contudo saído ainda totalmente do século XIX, a ânsia de viver expressava-se como nunca antes. A classe operária existia e, apesar de tudo o que alguns sabiam ou deveriam ter sabido acerca das ambiguidades e dos crimes do universo soviético, acreditava no futuro do socialismo. A bicicleta, instrumento indispensável para os mais modestos, mas igualmente símbolo de sonho e evasão, expressava a ambivalência de uma situação em que as dificuldades do presente se mediam ainda à luz das promessas do futuro. *Ladrões de Bicicletas*, de Vittorio De Sica, é de 1948, *Há Festa na Aldeia*, de Tati, de 1949. Em 1949, Fausto Coppi, campeão do mundo de perseguição, ganha a Volta à Itália e a Volta à França. *Ladrões de Bicicletas*, obra-prima inaugural do neorrealismo italiano, conta as angústias e as andanças de um trabalhador desempregado nos subúrbios de Roma; encontra trabalho a colar cartazes, o que implica usar uma bicicleta, ferramenta de trabalho indispensável, mas ele fora forçado a penhorar a sua. A mulher entrega na loja de penhora três conjuntos de lençóis para a recuperar. O filme descreve o dia em que o infortunado herói deixa que lha roubem, faz por encontrar o assaltante, é expulso do bairro onde este mora, tenta, por sua vez, roubar uma bicicleta, é apanhado e termina o dia em vergonha e desespero. *Há Festa na Aldeia* é um filme burlesco que se desenrola num meio rural francês. O carteiro interpretado por Jacques Tati não tem nada de trágico. Desengonçado, inábil, afetuosamente ridiculizado pela população, é essencialmente mimético. Desempenhando o papel de carteiro como o empregado de mesa de

Sartre desempenhava o papel de empregado de mesa, dando-se ares de ciclista quando vê passar a corrida local onde competem os jovens da região, ele existe apenas para os olhos dos outros, mas ninguém olha verdadeiramente para ele. Encarna uma certa forma de solidão e pobreza, muito embora numa versão ligeira e humorística. Fausto Coppi, em jovem, trabalhava numa charcutaria e fazia entregas de bicicleta, do mesmo modo que, um pouco mais tarde, o aprendiz de padeiro Bobet entregaria os pães e os *croissants* da padaria familiar. Realizando o seu sonho de se tornar ciclista de competição, começa como gregário de Gino Bartali para depois se tornar o «herói perfeito» de que falaria Barthes, o campeão com quem gerações sonhariam, porque encarnava simultaneamente a coragem, a inteligência, o brio e o infortúnio. Em poucos anos, passou das trivialidades do neorrealismo aos esplendores do mito. Mito político também, já que, comparativamente com o conservador Gino Bartali, ídolo dos democratas-cristãos, Coppi surgia como um filho do povo, apreciado pela imprensa de esquerda e que, além do mais, vivera uma romântica e adúltera aventura que valeu a cólera do Vaticano.

Na mesma época, toda a França se ria enquanto escutava Bourvil cantar «*À bicyclette*» (escrita em

1947), uma canção algo atrevida, sofrivelmente má e na tradição «gaulesa» do cómico rural, mas onde, sob uma capa de paródia e cómica, encontrávamos todos os «mitemas» da lenda ciclista, da bicicleta, do ciclista e do Tour:

> «... De repente, que vejo eu diante de mim?
> Uma bela jovem de cara laroca
> De bicicleta.
> [...]
> – É ciclista?
> – Não, não sou ciclista...
> [...]
> Participou na Volta? A Volta à França.
> Não, mas também dou umas voltas.»

O mito, quando nasce, precisa de ser sustentado pela História, que haja homens que nele reconheçam a forma transcendente daquilo que experienciam. Não surpreende, assim, que a bicicleta e os campeões do ciclismo tenham sido alvo de uma espécie de culto popular antes da guerra, na época das primeiras férias remuneradas, quando, nos anos 1936, 1937 e 1938, bicicletas e *tandens* invadiam as estradas de França e, nos anos do pós-guerra, quando muitos operários continuavam a deslocar-se de bicicleta para o trabalho.

Se este culto vacila atualmente em França, ao que parece mais rapidamente do que noutros países europeus, isso acontece indubitavelmente porque o elo entre a vida quotidiana e o mito se dilatou ao extremo, se é que não se rompeu mesmo. O afastamento entre os espaços de vida e os locais de trabalho, a utilização sistemática do automóvel, empurraram a bicicleta para o domínio do desporto e do lazer. Os «aficionados da bicicleta» rasgam os ares nas estradas de domingo; alguns jovens sonham ainda com uma carreira de campeão, mas os campeões franceses já vão sendo raros. O ciclismo de pista, que fascinava já Toulouse-Lautrec no final do século XIX, quando Tristan Bernard era diretor desportivo do velódromo de Buffalo (que nos é evocado no seu desenho *Zimmerman et sa machine*), este desporto tão popular antes da guerra (foi no velódromo Vel' d'Hiv' que se encontraram Arletty, Michel Simon e Fernandel em *Fric-frac*, o filme de Claude Autant-Lara de 1939) e, logo após a guerra, nomeadamente com a corrida dos Seis Dias, deixou de ser um espetáculo da moda na nossa sociedade, todavia tão sequiosa de espetáculo. A «*petite reine*», a pequena prova rainha, já não é o que era. Paris-Roubaix e o Inferno do Norte perderam a sua aura ao mesmo tempo que as atividades industriais do Norte de França entravam em decadência. A Bordéus-Paris desapareceu em 1988. As competições regionais, como a Volta do Oeste, morreram há séculos, ao passo que outrora os ciclistas mais prestigiados não desdenhavam a possibilidade de nela aparecer e brilhar. Pelo menos em França, já ninguém se interessa, aliás, por grandes clássicas como a Liège-Bastogne-Liège, a Milan-San Remo ou a Volta à Lombardia. Embora a Volta à França ainda atraia multidões, as outras competições estão longe de conservar, na terra de Bobet, Anquetil e Hinault, o prestígio que lhes cabia há alguns decénios — algo que não acontece na mesma medida nos países nórdicos, nem em Itália ou em Espanha, onde a utilização popular, quotidiana e funcional (associada a atividades profissionais) da bicicleta se manteve mais forte do que em França. Em França, foi a debilitação do mito que levou os franceses a deixarem de ganhar corridas, e não o inverso. Resta a Volta à França, que ocupou um lugar tal no imaginário dos Franceses até aos anos 1980 que até quem hoje está na casa dos trinta ficaria traumatizado se as ameaças que pendem sobre a competição se concretizassem e se esta desaparecesse, levando com ela uma parte da sua mitologia pessoal.

Dado que o mito se faz também de palavras, podemos ter a certeza de que algo ainda se transmite de geração em geração, ao longo das estradas do Tour, e que demorará um pouco até que o tempo apague a memória coletiva caso a prova venha a ser suprimida. A Volta à França, com as suas quimeras, é, por excelência, um «lugar de memória».

Depois da guerra, eu já era suficientemente crescido para ir sozinho ao barbeiro («O risco à esquerda e bem desimpedido atrás das orelhas», recitava eu escrupulosamente) e era lá que me abandonava aos prazeres proibidos: a leitura das revistas de desporto, *But* e *Miroir Sprint*. A *Miroir Sprint* surgira em 1949. Era uma publicação semanal próxima da esquerda e do Partido Comunista. *But et Club* havia sido criada em 1947 por Gaston Bénac, com o apoio de Félix Lévitan, um jornalista de desporto que, em 1951, se tornaria o diretor do *Parisien Libéré*, coorganizador da Volta à França. Nessa mesma data, a *But et Club* integrou o *Le Miroir des Sports*, cuja publicação fora interditada em 1944 por ter saído sob a Ocupação. *Le Miroir des Sports* era inicialmente o subtítulo do título *But et Club*, mas, de 1956 em diante, foi pura e simplesmente assumindo o seu lugar. O objetivo confesso deste regresso foi o de contrariar a influência da *Miroir Sprint*, mas os dois semanários acabariam por desaparecer depois de 1968, quando, no domínio das imagens, se tornou particularmente difícil competir com a televisão. Todas estas considerações históricas e políticas me passavam ainda ao lado quando, cerca de 1950, no barbeiro, eu mergulhava o nariz nestas edições repletas de fotografias, em que eu descobria o rosto dos ciclistas da corrida dos Seis Dias ou dos meus heróis lendários, de Robic a Coppi.

Na Bretanha, onde passava as férias grandes, a bicicleta gozava de popularidade, é o mínimo que posso dizer. Os pescadores chegavam aos portos das redondezas a pedalar; todos os dias, de manhã e ao final da tarde, as suas mulheres faziam o mesmo para se deslocarem até à fábrica de conservas e regressar, mesmo com chuva e vento forte. As idas e vindas de uns e de outros pontuavam os dias. Os meus itinerários, na bicicleta azul que me oferecera o meu avô, eram mais erráticos, mas, no mês de julho, todas as tardes, pelas quatro ou cinco horas, eu marcava presença no café do largo da igreja; o proprietário fixava na porta uma ardósia onde escrevera os três primeiros da etapa do dia e os três primeiros da classificação geral. Foi ali que a minha admiração por Coppi e o meu entusiasmo, em 1949 e 1952, ao ouvir o anúncio da sua vitória, me libertaram definitivamente de todo e qualquer chauvinismo. Jamais eu tornaria a sentir por um campeão francês, e até por Bobet (que venceria o Tour em 1953), a admiração infinita que me inspirava Coppi.

É com toda a naturalidade que pensamos na *Ilíada* e na *Odisseia* quando nos lembramos da Volta à França; mais a *Ilíada* do que a *Odisseia,* uma vez que são as batalhas quotidianas dos heróis as que mais retêm a nossa atenção. Vivi esta epopeia sem dar conta e ela encontrava naturalmente alimento e vocabulário na imprensa que eu lia febrilmente pela manhã; a imprensa ou, mais precisamente, o *Télégramme,* o único jornal que, juntamente com o *Ouest-France,* chegava à aldeia dos meus avós. Eu desprezava os «chupa-rodas»[1]; tinha sempre medo de que, à semelhança do que aconteceu com Van Steenbergen, o rei dos *sprinters,* num campeonato do mundo, pudessem roubar a vitória ao meu favorito. Eu admirava Magni, calvo com a sua grande testa, rei das descidas,

[1] Tradução livre da expressão «*suceurs de roue*», que designa os ciclistas que pedalam «colados» ao ciclista da frente, aproveitando o vácuo para se protegerem do vento e tirarem partido do menor atrito. (N. da T.)

mas preferia os escaladores. Acreditava nos «juízes de paz» (era assim que apelidávamos as mais altas montanhas dos Alpes) do mesmo modo que acreditava na Justiça. Os gracejos de Zaaf, o «lanterna vermelha», faziam-me rir até às lágrimas.

Roland Barthes analisou magnificamente, nas suas *Mitologias*, as figuras retóricas através das quais a imprensa e a rádio, nas suas reportagens, naturalizavam os homens e humanizavam a natureza, contribuindo deste modo para o seu carácter épico. Mas a sua análise é estritamente semiológica e contemporânea do acontecimento. Tem cerca de quarenta anos quando se interessa, em torno de 1955, pelos retratos que a imprensa e a rádio lhe propõem para os heróis do momento. Este momento é o da grande equipa de França (com os irmãos Bobet, os irmãos Lazaridès, Geminiani e Antonin Rolland, veteranos fiéis, e também André Darrigade, o galgo do Landes, quase sempre irresistível na reta da meta); é um momento que ocorreu logo no rescaldo, mas que efetivamente ocorreu, daquele que me inspiraria emoções inolvidáveis, já que o reinado de Bobet sucedeu imediatamente ao de Coppi. Barthes não integra assim a dimensão temporal na sua evocação e não nos diz (não é esse o seu intuito) se se recorda das edições da Volta à França antes da guerra, das Voltas da sua infância. Nós, todavia, nós podemos encontrar esta dimensão temporal relendo-o nos dias de hoje, já que a mitologia do Tour já não é aquela que ele esmiuçava com primor, apesar de, à laia de fantasma, ela continuar a frequentar a imaginação daqueles que insistem ainda em ver passar os ciclistas da «Grande Boucle», a Grande Volta, encorajando-os com o gesto e a voz.

Para cingir-me só mais um pouco à Volta à França, que é sem dúvida a prova de ciclismo mais famosa do mundo, parece-me que os seus organizadores perderam o comboio da Europa ou, mais do que isso, querem conferir-lhe uma imagem mercantil que, infelizmente, teremos razões para recear que não corresponda a alguns aspetos da realidade. É, efetivamente, paradoxal que, no momento em que tanto falamos da Europa, o ciclismo como desporto já não seja o suporte popular da geografia regional, nacional e europeia. A substituição das equipas nacionais ou regionais por equipas de marcas (urge lembrar que, nos anos 1950, o ciclismo francês era tão rico que podia alinhar várias equipas regionais na Volta à França) veio sancionar, em suma, o triunfo da sociedade de consumo. A Volta à França passou diretamente da dimensão nacional para a mundialização comercial, curto-circuitando a dimensão europeia. As equipas regionais e nacionais desapareceram em 1961, apesar de um efémero regresso destas últimas durante dois anos, em 1967 e 1968. Para assinalar a dimensão europeia da Volta à França, em dezasseis ocasiões, desde 1947, decidiu-se que a partida se faria de um dos países estrangeiros limítrofes de França; a primeira cidade de partida fora do Hexágono foi Amesterdão, em 1954. Mas nunca se pensou em fazer uma ou várias equipas europeias, face às quais as equipas nacionais teriam desempenhado o papel das antigas equipas regionais, e teriam tido assim a oportunidade se bater contra as equipas da América do Norte e do Sul, da Ásia ou da Austrália. É verdade que falharam as tentativas de fazer uma Volta à Europa em Bicicleta. Como se o ciclismo, tendo em conta a sua dimensão popular, tivesse assumido o papel de revelador das dificuldades políticas. É assim sob dois aspetos que o mito do ciclismo surge distanciado da sua dimensão política: a bicicleta já não desempenha o mesmo papel nas camadas populares, e o ciclismo enquanto desporto, apesar das notáveis e inteligentes prestações da televisão, contribui cada vez menos para alimentar o imaginário geográfico, nacional e político. Será que um desporto sem espaços tem ainda motivos para existir?

A descoberta de nós mesmos

O mito torna-se mais forte se encontrar eco na experiência daqueles a quem é contado. Na Bretanha, todos os adolescentes dos anos 1950 treinavam os seus *sprints*, faziam manobras ousadas largando o guiador quando pedalavam em estradas planas ou nas descidas, ou pedalavam em pé nas rampas mais difíceis, ou seja, fingiam que as suas singelas bicicletas eram fogosos velocípedes de corrida. Em suma, tal como o carteiro de *Há Festa na Aldeia*, mas levando-se um pouco mais a sério, à semelhança do grande adolescente que, em *As Férias do Senhor Hulot*, se pavoneia com suficiente ingenuidade sob a varanda da jovem parisiense de férias. Jacques Tati dava, em 1953, uma bela e salutar lição de humor aos rapazes adolescentes da época. O mesmo humor e a mesma ternura, em 1969, dezasseis anos mais tarde, na canção de Pierre Barouh e Francis Lai cantada por Yves Montand, «*À bicyclette*» [De bicicleta]. Na época, várias gerações nela se reconheceram porque ali encontravam, reais ou sonhadas, as recordações da sua adolescência:

> «Quando saíamos pela fresca
> Quando percorríamos os caminhos
> De bicicleta...»[2]

Mas o humor e a ternura não teriam conseguido exercer um tal encanto se a utilização da bicicleta não tivesse representado, antes de mais, para estes adolescentes dos anos 1930, 1940 ou 1950, uma extraordinária experiência de liberdade.

A primeira pedalada significa a aquisição de uma nova autonomia, é a beleza da fuga, a liberdade palpável, o movimento na ponta dos pés, quando a máquina reage ao desejo do corpo e quase se lhe antecipa. Em poucos segundos, o estreito horizonte liberta-se, a paisagem movimenta-se. Estou noutro lugar. Sou outra pessoa e, todavia, sou eu como nunca antes fui; sou aquilo que descubro.

Por vezes, quando penso nas minhas primeiras cicloescapadelas, dou conta de que eram muito ajuizadas e muito modestas. Mas não importa: no

---

[2] Letra original: «*Quand on partait de bon matin/ Quand on partait par les chemins/ À bicyclette*»

dia em que me foi concedida a autonomia velocipédica, o meu território alargou-se maravilhosamente. Na Bretanha, os poucos quilómetros assim conquistados abriram-me mundos: o mar, por um lado (as praias, seguindo por pequenas estradas, o porto de pesca, seguindo pela estrada nacional), o campo e as florestas, pelo outro (a aventura da apanha dos cogumelos do final de agosto em diante). Este corpo-a-corpo com o espaço era uma inaudita e exaltante experiência de solidão. Este corpo-a-corpo comigo mesmo era uma experiência íntima, estava a fazer a aprendizagem das minhas possibilidades e dos meus limites: na bicicleta, não se faz batota. Qualquer presunção excessiva é imediatamente castigada; o meu carreto só tinha três mudanças, mas aprendi a utilizá-las a todas para não ficar apeado numa rampa difícil que teria de escalar com bravura no regresso se quisesse evitar a vergonha de regressar à vila a empurrar a bicicleta à mão. Aprendi a aprender, disciplinei-me e quando, no fim das férias, consegui trepar até ao largo da igreja e chegar em terceira sem me pôr a pedalar de pé, soube nesse momento que me tornara uma pessoa mais forte.

É sabido que, tal como ninguém deixa de saber nadar, andar de bicicleta é algo que não se esquece. Mas há mais. O conhecimento progressivo de nós mesmos a que corresponde a aprendizagem da bicicleta deixa vestígios simultaneamente inesquecíveis e inconscientes. Este é um paradoxo que caracteriza a sua originalidade: o paradoxo do tempo e da eternidade, se assim o quisermos. Os jovens que montam numa bicicleta vivem a experiência conquistadora do seu corpo. É uma experiência de conquista porque eles estão, como se costuma dizer, na flor da idade. Mais ou menos matulões, mais ou menos velozes, mais ou menos dotados, mas todos vigorosos, em princípio, medem-se no relevo do espaço projetando-se nele; sabem que há momentos em que são mais destros do que noutros; sentem então a sensação de «ter a pedalada toda», como refere eloquentemente a expressão popular. Esta sensação vai-se apagando com o uso e desaparece passadas poucas horas para dar lugar ao cansaço. Torna-se também mais rara com a idade, sobretudo quando nos falta treino. Neste sentido, andar de bicicleta é aprender a gerir o tempo, tanto o tempo curto do dia ou da etapa, como o tempo longo dos anos que se acumulam. E, todavia (e é aqui que reside o paradoxo), a bicicleta é também uma experiência de eternidade. Um pouco como, na praia, quando alguém se deita na areia e fecha os olhos e é tomado pelo sentimento de que recupera a sua infância ou, mais precisamente, sensações que, não tendo idade, escapam à ação corrosiva do tempo; de igual modo, alguém que, com alguma timidez inicial, se aventura numa bicicleta passados alguns anos de abstenção, não tardará a «recuperar as sensações», como dizem os atletas para designar a consciência que ganham do seu corpo e das suas capacidades quando retomam o treino, mas, sobretudo, redescobre rapidamente com elas todo o conjunto de impressões (a exaltação da descida em roda livre, o ruído do asfalto sob os pneus, a carícia do ar no rosto, a lenta deslocação da paisagem) que pareciam ter esperado unicamente por aquela ocasião para renascer.

A descoberta dos outros

Sob o pretexto falacioso de se manterem em forma, muitas pessoas de idade deslocam-se de bicicleta, não quotidianamente e em modo solitário, mas sim em grupo, ao domingo, e quem sabe se envergando as mesmas camisolas dos profissionais da atualidade, como se lhes desse prazer ou tivessem interesse em enaltecer os méritos de um banco europeu, de uma agência de crédito ou de uma operadora telefónica. Na verdade, estão a brincar, já que a sua verdadeira intenção é antes de mais recuperar os prazeres da infância e as cumplicidades de rapazes. Atribuem-se alcunhas e fazem pouco uns dos outros. Por graça, comparam-se aos campeões do momento, tornando-se assim uma espécie de benjamins desses jovens, mediante um artifício simbólico cujo cariz artificial percecionam em cada tentativa de aceleração. Criam conscientemente a ilusão de se manterem jovens e, por isso mesmo, é verdade que, em certa medida, o são. A bicicleta torna-se assim um componente da vida social da terceira idade nas províncias francesas. Esta camaradagem dos velhos tempos entre reformados tem o seu quê de amável e heroico, já que se afirma contra o envelhecimento e a morte. É, além do mais, uma ocasião de solidariedade ativa e de contacto entre gerações, uma vez que os grupos de «aficionados do ciclismo» dos dois sexos incluem sempre alguns indivíduos com menos idade do que os outros que desempenham o papel de mentores discretos, esforçando-se por não sublinharem demasiado a sua superioridade muscular ao lado dos seus companheiros.

O atordoamento da solidão não exclui, assim, à partida, as formas de sociabilização e aqui reside, creio eu, uma das virtudes duradouras do ciclismo. Já na lenda dos grandes do ciclismo nos comoviam os poucos gestos de solidariedade entre heróis que em nada ficavam a dever à disciplina de equipa (Coppi e Bartali emprestando-se mutuamente os bidões de água numa terrível etapa nos Pirenéus; Coppi, cavalheiresco, entregando a vitória da etapa a Bartali no dia do seu trigésimo quinto aniversário). Entre ciclistas, ao nível mais humilde, existe a consciência de uma certa solidariedade, a consciência da provação e do momento partilhados, de um pequeno nada que os distingue de todos os demais e que lhes pertence apenas a eles. Como prova, basta-me a gentileza manifestada hoje em dia em Paris por aqueles que têm já alguma experiência na operação *Vélib'*[3] perante os tímidos principiantes que se lhes querem juntar. Em torno dos postos, onde reina a agitação para compreender como fazer o registo, os mais experientes fornecem de boa vontade conselhos e explicações aos principiantes. A hierarquia das idades desaparece ou chega mesmo a inverter-se: dado que os mais novos foram geralmente os primeiros a aproveitar a ocasião, sentem-se imbuídos

---

[3] Sistema de empréstimo gratuito de bicicletas na cidade de Paris. (N. da T.)

de uma certa competência técnica, tanto na relação com a máquina eletrónica que gere os processos, como no manuseamento da própria bicicleta, um engenho simples, mas um pouco pesado, que é preciso aprender a selecionar, retirar, estacionar ou devolver. Estão perfeitamente disponíveis para beneficiar os recém-chegados, e este é um fenómeno muito recente numa cidade onde não é evidente que se possa estabelecer relações fáceis com desconhecidos.

Há igualmente que dar crédito à bicicleta pela reinserção do ciclista na sua individualidade própria, mas também pela reinvenção dos elos sociais amáveis, leves, eventualmente efémeros, mas sempre veiculadores de uma certa alegria de viver. Existe além do mais, sem dúvida, uma relação entre a redescoberta de uma certa presença de nós mesmos e a da presença dos outros. É precisamente por a prática do ciclismo, mesmo que episódica, ser uma oportunidade de experienciar algo semelhante a uma identidade (uma certa permanência no tempo), que esta permite dedicar atenção a outrem (uma forma de expectativa, uma abertura para o futuro). Observemos na rua os recém-convertidos ao ciclismo: conversam entre si (sobre o itinerário, a paisagem, o tempo) ou navegam em silêncio, mas nunca (ou quase nunca) utilizam o telemóvel. O espetáculo que proporcionam está nos antípodas da cena clássica a que assistimos diariamente hoje em dia na esplanada de qualquer café: aquela em que vemos duas pessoas sentadas na mesma mesa, mas em grandes conversas com interlocutores nos respetivos telemóveis. As ruas, os cafés, os metros e os autocarros estão hoje em dia atravancados de fantasmas que se imiscuem incessantemente nas vidas das pessoas que assombram; mantêm-nas à distância e impedem-nas tanto de olharem a paisagem como de se interessarem pelos vizinhos de carne e osso. Contudo, para já, estes fantasmas ainda não aprenderam a andar de bicicleta. Os ciclistas optaram pela relação direta e rejeitaram temporariamente o recurso aos meios de comunicação. Oxalá isso dure!, temos vontade de exclamar. Que a bicicleta possa tornar-se o instrumento discreto e eficaz de uma reconquista da relação e da troca de palavras e sorrisos!

A CRISE

A bicicleta é, assim, mítica, épica e utópica. Não podemos consagrar-nos a ela se não atentarmos permanentemente no presente, quanto mais não seja devido aos riscos da circulação rodoviária, mas é alvo de narrativas que ressuscitam simultaneamente a história pessoal de cada um e os mitos partilhados por muitos; estes dois passados são solidários e conferem uma tonalidade épica às recordações individuais mais modestas. Como sempre, a clara consciência do passado alimenta a imaginação do futuro. A bicicleta torna-se assim o símbolo de um futuro ecológico para a cidade de amanhã e de uma utopia urbana que reconciliará a sociedade consigo mesma. Mas o mito, a epopeia e a utopia carecem de um pouco de fé; a prova da história real é uma prova dura que as submete incessantemente ao risco da nostalgia, esse triste refúgio das deceções da vida. A bicicleta, símbolo de uma classe operária desaparecida, de confrontos desportivos sem equivalente nos dias de hoje e de uma vida urbana de sonho, não estará ela a correr o risco de, na realidade concreta do mundo globalizado, se tornar o instrumento fantasmático da negação da realidade, no álibi de uma vida social que se rege unicamente pelos imperativos do consumo, ou seja, a derradeira ilusão?

O mito em ruína

Estará o mito a morrer e, com ele, todas as formas épicas que se lhe associavam? O ciclismo, à semelhança do desporto profissional em geral, alcançou progressos. Os ciclistas de competição atuais são sem dúvida melhores atletas do que os seus antecessores (como acontece noutros desportos, como o râguebi e o ténis, por exemplo). Mas o espetáculo que propõem não está à altura daqueles que proporcionavam os seus antepassados. Coppi conseguia recuperar um atraso de mais de um quarto de hora em duas etapas nos Alpes. Atualmente, uma equipa de bons ciclistas pode bloquear toda a corrida, obliterar as tentativas de fuga e impor em todas as etapas de terreno plano um cenário quase idêntico, que se resume a algumas tentativas de fuga, ao êxito momentâneo de uma delas, ao regresso do pelotão e ao *sprint* em massa em que se destacam os mais velozes. A montanha desempenha ainda um papel decisivo no Tour, mas já não há lugar para as grandes façanhas solitárias; na montanha, a corrida torna-se uma competição por eliminação, por desgaste, em que o «sacrifício» dos membros da equipa pagos para esse efeito desempenha um papel de sapa essencial, sendo raro que o mesmo ciclista brilhe solitariamente em duas etapas consecutivas. Noutros tempos, o mito era mantido e revitalizado por uma dramaturgia cujos dois impulsos eram a inspiração sublime ou a trágica fraqueza dos heróis. Como na *Ilíada*, os heróis mais vulneráveis, os heróis com calcanhar de Aquiles, eram também os mais fascinantes: Fausto Coppi e Charly Gaul, mais que Bobet ou Anquetil. Barthes mostrou de que modo, da perspetiva do público, os estados de graça e de desgraça estavam intimamente ligados, próximos entre si. Ouçamos falar do *jump* de Gaul, o arcanjo dos rendimentos irregulares: se a *forma* é um estado natural, simultaneamente físico, moral e intelectual, o *jump*, por sua vez, é «um verdadeiro influxo elétrico que atinge volta e meia os ciclistas mais amados pelos deuses e que os leva a alcançar proezas sobre-humanas». Charly Gaul «recebe o seu *jump* de um intercâmbio intermitente com os deuses; por vezes os deuses habitam-no e ele faz maravilhas; por vezes os deuses abandonam-no, o *jump* cessa. Charly já nada pode fazer.»

Hoje em dia, já não se fala de *jump*. E por boas razões: é demasiado suspeito, assim como as quebras de rendimento que se lhe possam seguir. A revelação da dopagem assassinou os heróis; impede que se acredite neles; matou o mito. Barthes via-o muito bem em 1957: «Observa-se uma medonha paródia do *jump*, ou seja, a dopagem: dopar o ciclista é tão criminoso, tão sacrílego como querer imitar Deus; é roubar a Deus o privilégio da centelha divina.» Todavia, hoje em dia, já não há mais nada a roubar aos deuses e ninguém já ousaria falar do *jump* dos últimos vencedores da Volta à França. A dopagem, em si, visa menos a realização de grandes feitos, rapidamente suspeitos, mas antes assegurar a manutenção da *forma*, embora de um modo excecional que permite produzir todos os dias esforços prodigiosos sem necessariamente empreender ações que, em si, sejam espetaculares. Por conseguinte, a suspeita generalizou-se e já não existem heróis míticos. Poder-se-ia dizer, amavelmente, que o espetáculo do Tour se laicizou, mas mais justamente que se medicalizou. E foi por esta via que o mito se extinguiu;

com efeito, não se rejeita a ideia de que os jovens ciclistas amadores das regiões industrialmente devastadas não veem, antes de mais, no ciclismo uma forma de se salvarem economicamente — algo que aconteceu sempre nos grandes desportos populares —, admitindo, pelo contrário (e é aqui que o golpe dói mais), ao mesmo tempo e sem grandes reticências, que o recurso à dopagem se tornou uma fatalidade inevitável.

Já nos anos 1940 e 1950 se falava de dopagem. Vários ciclistas foram vítimas desta prática, e o próprio Coppi declarou aos jornalistas que havia muita hipocrisia nas negações de uns e outros. O recurso às anfetaminas era frequente. Era, aliás, uma época em que, em todos os domínios, incluindo os intelectuais e estudantis, se recorria a substâncias dopantes de todo o tipo, *Maxiton, Corydrane, Actiphos anfetaminas*, facilmente receitados pelos médicos de família. Mas a dopagem dos dias de hoje assume um cariz diferente, e é por essa razão que atinge fulminantemente a imagem do corpo heroico associada à ideia de campeão. Ingerir, fumar, injetar substâncias ou substituir o sangue como quem troca de camisa: tudo isto não encontra representações equivalentes na imaginação do público. A dopagem atual, tal como a consegue representar um leigo na matéria, é mais do que um acrescento às capacidades naturais do corpo: é uma verdadeira substituição de substâncias que se opera vergonhosamente na clandestinidade dos bastidores das proezas alcançadas. O que então surge como antinómico face à ideia que tínhamos e que gostaríamos muito de manter daquilo que faz um herói é assim a imagem da manipulação que faz dele um ser puramente passivo, um objeto, mas também a da intrusão na intimidade da sua pessoa, quer seja no momento da dopagem, quer seja no momento do controlo, das colheitas de sangue e de urina. Esta intrusão toca-lhe na sua intimidade — como se todo e qualquer elogioso palmarés de atleta tivesse inexoravelmente origem num erro da pessoa. Esta perversão do heroísmo desportivo, urge dizer com toda a verdade, estava já em germinação com o aparecimento das equipas de marcas, que transformou os ciclistas em homens-sanduíche e simples suportes publicitários; a dopagem, sob a sua forma sistemática, consegue transformar os ciclistas em instrumentos passivos de estratégias comerciais. Como é evidente, as empresas que os contratam descartam-nos logo que a sua «desonra» tenha sido evidenciada e lançam-se em busca de novos suportes, confirmando deste modo que é, ainda assim, mais difícil fabricar mitos com as marcas do que com as nações ou as províncias. A partir do momento em que um ciclista já não compete pelo seu país, o apoio militarista e, é claro, chauvinista do público concentra-se sobretudo no indivíduo, no preciso momento em que este se vê despersonalizado pelas técnicas de *marketing* e as iniciativas da «medicina desportiva».

O fim do mito, a morte da epopeia. Fim do mito, mas restam-nos algumas recordações (como estas imagens da Frente Popular e das primeiras férias remuneradas, por ocasião das quais alguns partiam de bicicleta ou em *tandens* pelas estradas de França). Morte da epopeia, definitivamente projetada no passado, mas todavia seguida do desejo de mito e de epopeia, sempre pronto a renascer à mínima tentativa de descolagem, nas montanhas, da frágil silhueta perseguida pelas câmaras de televisão. A imagem, um instante, ressuscita a lenda. Alternando entre planos aproximados que permitem perscrutar em pormenor a mínima crispação do rosto, e planos panorâmicos que levam o espetador a descobrir a imensidão de paisagens grandiosas, a reportagem televisiva em direto continua a encenar imperturbadamente o momento de que falava Barthes. Este é o momento frágil da História «onde o homem, mesmo que inábil, enganado por via de fábulas impuras, prevê, ainda assim, à sua maneira, uma adequação perfeita entre ele, a comunidade e o universo». É possível que o mito e a epopeia ainda se nutram do desejo que suscitam e não cessam de defraudar.

A urbanização do mundo: em busca da cidade perdida

E a utopia? Será a transformação da cidade um sonho concebível e terá a bicicleta um papel a desempenhar nesta revolução? É que seria mesmo de uma revolução, no sentido literal, que precisaríamos para transformar a cidade. Que é a cidade hoje em dia?

A urbanização do mundo caracteriza-se, simultaneamente, pelo crescimento das megalópoles e pela extensão dos «filamentos urbanos» ao longo das estradas, dos rios e do litoral, para usar uma expressão de Hervé Le Bras. Reflete o facto de a vida política e económica do planeta depender atualmente de centros de decisão situados nas grandes metrópoles mundiais, todas interligadas e constituindo, juntas, uma espécie de «meta-cidade virtual», diz-nos Paul Virilio.[4] O mundo

---

[4] *La bombe informatique*, Galilée, 1998.

tornou-se um mundo-cidade, no seio do qual circula e se troca todo o tipo de produtos, incluindo mensagens, imagens, artistas e modas. Mas também é verdade que cada cidade é um mundo, um resumo do mundo, com a sua diversidade étnica, cultural, social e económica. A compartimentação, cuja existência poderemos ter tido por vezes tendência para esquecer perante o espetáculo fascinante da globalização, essa encontramo-la nos rasgões do tecido urbano. A cidade-mundo, pela sua simples existência, desmente as ilusões do mundo-cidade. Nos bairros de negócios, edifícios conhecidos no mundo inteiro por terem sido concebidos pelos maiores arquitetos, ostentam a característica de estarem em comunicação com a Terra inteira, mas cujo acesso está interdito àqueles que ali não trabalham. No embate entre o mundo-cidade e a cidade-mundo, poderemos ter a sensação de desaparecimento da cidade enquanto tal. Seguramente, o urbano estende-se por todo o lado, mas as mudanças na organização do trabalho e das tecnologias, por via da televisão e da Internet, impõem a cada indivíduo a imagem de um centro desmultiplicado e omnipresente, despem de toda a pertinência as oposições do tipo cidade/campo e urbano/não urbano.

A posição entre mundo-cidade e cidade-mundo é, por assim dizer, a tradução espacial visível da globalização concebida como o conjunto planetário dos meios de circulação e das redes de comunicação e de distribuição. Em *La bombe informatique*, Paul Virilio refere que este conjunto *global* era encarado pelos estrategas do Pentágono como o interior de um mundo em que o *local* se tornara o exterior. Mas esta inversão revela-se ainda mais generalizada, pelo que a grande cidade se define hoje em dia pela sua capacidade de se virar para o exterior. Por um lado, quer primeiro seduzir os turistas estrangeiros. Por outro, o urbanismo é comandado pela necessidade de facilitar o acesso aos aeroportos, às estações ferroviárias e aos grandes eixos rodoviários. A facilidade de acesso e de saída é o imperativo número um, como se o equilíbrio da cidade assentasse nos seus contrapesos exteriores. A cidade descentra-se como se descentram as residências e as casas de família, com a televisão e o computador, e como se descentram os indivíduos quando os telemóveis se tornarem simultaneamente computadores e televisões. O urbano estende-se por todo o lado, mas perdemos a cidade e a nós mesmos de vista. Ora, sim, quem sabe a bicicleta terá mesmo um papel determinante para ajudar o ser humano a ganhar novamente consciência de si mesmo e dos lugares onde vive, invertendo, no que lhe diz respeito, o movimento que projeta as cidades para fora de si mesmas. Precisamos da bicicleta para nos recentrarmos em nós mesmos, recentrando-nos nos lugares onde vivemos.

O que está em jogo no uso da bicicleta não é, por conseguinte, coisa pouca. Trata-se de saber se, diante da ascensão de um urbanismo galopante que ameaça reduzir a cidade antiga a uma concha vazia, transformá-la num cenário para turistas ou num museu ao ar livre, será possível restituir à bicicleta algo da sua dimensão simbólica e da sua vocação inicial de promover os encontros mais imprevistos. Trata-se simplesmente de fazer valer os seus pergaminhos, de começar a quebrar as barreiras físicas, sociais ou mentais que anquilosam a cidade e de devolver um sentido ao belo conceito de mobilidade.

Saída da crise?

A operação *Vélib'* tem, sob este ponto de vista, toda a aparência de um caso de sucesso. Em primeiro lugar, faz bem jus ao seu nome[5], e, mediante

[5] A designação *Vélib'* é uma composição com as palavras «vélo» (= bicicleta) e «liberté» (liberdade). (N. da T.)

a multiplicação pelos quatro cantos de Paris de postos onde se pode tirar ou entregar uma bicicleta, confere efetivamente uma certa liberdade aos utilizadores. Com um pouco de imaginação, seríamos mesmo tentados a sonhar, a partir deste ponto, com uma cidade onde cada um poderia pegar à discrição qualquer bicicleta na rua, deixá-la em qualquer lugar e pegar numa qualquer outra um pouco mais tarde; sonhar com uma espécie de comunismo urbano para os cavaleiros da bicicleta unidos por uma ética comum e regras de cortesia unanimemente respeitadas. No mês de agosto de 2007, nas ruas de Paris, vimos delinear-se em grandes pedaladas algo que se assemelhava a uma utopia. Em segundo lugar, a corrida dos utilizadores às bicicletas de aluguer permitiu manifestamente que se reapropriassem do espaço urbano. Os «transeuntes» de Paris — esta espécie que poderíamos crer estar em vias de extinção — ressurgem, mas agora de bicicleta; os novos transeuntes, de nariz ao vento, faziam sem dúvida uma dupla descoberta: davam conta, maravilhados, de que a cidade é feita para ser olhada, para ser vista (vista diretamente, sem a mediação de uma máquina fotográfica ou de uma câmara de filmar), que é bela mesmo nas suas ruas mais modestas e que é cómodo percorrê-la. A bicicleta, para quem se aventura a utilizá-la na cidade pela primeira vez, é ocasião de uma experiência inaudita: permite reavaliar as distâncias e fazer aproximações que os transportes públicos impedem, já que seguem itinerários fixos. De bicicleta, acabam-se os transbordos, as ligações entre transportes. Deslizamos sub-repticiamente para dentro de uma outra geografia, eminente e literalmente *poética*, já que ocasiona contactos imediatos entre lugares que, por norma, só frequentávamos separadamente, e porque surge deste modo como uma fonte de metáforas espaciais, aproximações inesperadas e curto-circuitos que, usando a força das pernas, suscitam permanentemente a curiosidade desperta dos novos transeuntes. Com algumas pedaladas, podemos ir de Montparnasse à Torre Eiffel, atravessar o Sena, determo-nos numa ponte para abraçar longamente com o olhar a Île de la Cité ou a vegetação frondosa das Tulherias, rumar a norte, perdermo-nos nas ruas estreitas da Paris romântica, mergulhar novamente na Bastilha e no Marais, rumar ao Bosque de Vincennes, que não é assim tão longe, ou regressar a Montparnasse e fechar o círculo. É assim a nova liberdade, a nova liberdade de inspiração, que a utilização da bicicleta nos possibilita. A bicicleta é uma escrita, amiúde uma escrita livre, ou mesmo selvagem — experiência de escrita automática, surrealismo em ação, ou, pelo contrário, uma meditação que já não é construída, elaborada e sistemática, quase experimental, por lugares previamente selecionados pelo gosto apurado dos eruditos.

Percebemos todavia claramente o duplo perigo que corre a experiência em curso em Paris. O primeiro perigo é de que em breve surja como uma atração de verão reservada aos jovens e aos turistas, como uma forma de vender a capital a quem a queira visitar. O segundo perigo é de que assuma a forma de confronto entre automobilistas e ciclistas, alimentado pelas ignorâncias de uns e de outros, pela sua falta de cultura urbana, de urbanidade, identificável no desprezo dos automobilistas mais empedernidos perante os ciclistas, mas também na negligência mais sorridente de alguns ciclistas que resolutamente desrespeitam as regras de circulação. Como parece ser moda em França nos últimos anos, fala-se já de polícia e repressão, o que é uma forma de matar à nascença a esperança de aliar urbanidade, sorrisos, ordem e descontração. Os dois perigos são evidentemente complementares e compreende-se bem que a operação

Vélib' só será um êxito total e incontestável no dia em que as pessoas de todas as idades considerarem natural pegar numa bicicleta no posto mais próximo para irem trabalhar ou fazer compras. Pressupor-se-ia que já ninguém teria medo da circulação automóvel e de acidentes, que se operariam inúmeras transformações, que existiriam ciclovias em todo o lado e que a sorte dos ciclistas não dependeria do talento, da boa vontade e da paciência dos motoristas de autocarros ou de táxis. Independentemente da reconhecida destreza dos motoristas da RATP[6], o ciclista menos experiente ou com alguma idade (para quem o simples facto de aceder a uma bicicleta seria o derradeiro critério de êxito) revela sempre algum nervosismo perante a ideia de ser ultrapassado por um autocarro numa faixa relativamente estreita.

Dispomos de números publicados pela Autoridade de Segurança Rodoviária, o Município de Paris e associações como a MDB (Mieux se déplacer à bicyclette [Melhor Deslocar-se de Bicicleta]). O número de ciclistas que foram mortos em Paris era de 2 em 2000 e 5 em 2001. Em 2000,

---

[6] Régie Autonome des Transports Parisiens, a empresa responsável pelos transportes públicos de Paris. (N. da T.)

contabilizavam-se 17 feridos graves. Os números tornam-se mais impressionantes se levarmos em linha de conta toda a região parisiense: 83 feridos graves e 28 mortos em 2000. Em Paris, o número de bicicletas aumentou desde 2001 (+ 48 %) sem que o número de mortos tenha subido proporcionalmente: em 2005 contabilizavam-se 3 mortos e 32 feridos graves. Todavia, o problema da segurança persiste, já que o número de acidentes que envolveram ciclistas aumentou 8 % entre 2004 e 2005. Nos seis primeiros meses de 2007, registaram-se três ciclistas mortos e um aumento sensível do número de feridos graves. Em outubro, um utilizador do *Vélib'* foi morto. Um humorista britânico referiu que, em Londres, as vítimas da bicicleta eram mais numerosas do que as do terrorismo, tendo atacado especialmente os atletas vestidos de *Lycra* que passavam a toda a brida nas ruas, mas também nos passeios de Londres, para grande prejuízo dos peões empurrados e aterrorizados.

Por outro lado, embora em 2005, em Paris, a extensão das ciclovias já alcançasse 327 quilómetros (dos quais 34 criados em 2005), a sua localização parece privilegiar os passeios nas avenidas periféricas e em espaços verdes. O facto de a operação *Vélib'* parar na fronteira da cidade de Paris «*intra muros*» é, sob este ponto de vista, significativo. O município, aliás, compreendeu-o, e desde 2007 está em curso um debate com os municípios dos seus arredores. A questão da vocação da bicicleta em Paris (lazer nos momentos de descontração ou utilização quotidiana?) permanece em aberto. Não podemos, assim, pretender hoje em dia que a utilização da bicicleta respondeu aos desafios da nova organização urbana. Ainda não ocorreu uma revolução ciclista.

Enfim, a verdade é que os outros exemplos que observamos e estudamos por todo o mundo mostram que a ideia de uma cidade em que predomine a circulação de bicicleta não é pura fantasia. Além das cidades do Norte da Europa e algumas cidades francesas, como La Rochelle, ocorrem-me várias cidades italianas, de importância média, como Modena, Bolonha ou Parma, cuja qualidade de vida salta à vista de qualquer visitante estrangeiro, nomeadamente com o espetáculo que oferecem os ciclistas que nelas circulam em todos os sentidos em total descontração. Paris não é Modena, mas também não é Los Angeles, ou seja, um aglomerado concebido para a circulação automóvel. Seria seguramente menos irrealista para os responsáveis da cidade de Paris tomar Modena como modelo do que

Los Angeles. O desafio reside na dificuldade em conciliar as exigências da megalópole planetária (o descentramento e a extraversão de um conjunto aberto ao mundo, que importa e exporta diariamente pessoas, produtos, imagens e mensagens) e as da cidade concebida como espaço de vida, um lugar íntimo pleno das suas referências próprias e dos seus ritmos quotidianos.

Muito embora o nosso mundo de imagens, comunicação e consumo tenda cada vez mais a asfixiar o pensamento sobre o futuro e a esmagá-lo sob as evidências do presente, quem sabe se não estarão ainda assim reunidas as condições para se conceber uma utopia urbana eficaz, isto é, suscetível de convencer os habitantes da cidade. O paradoxo desta utopia é que conhecemos o lugar, apesar de termos dificuldade em definir-lhe os limites e as fronteiras (onde começa e onde termina a cidade dos nossos dias?). Que a bicicleta permita redesenhar estes limites e estas fronteiras, inventar itinerários inauditos e reconfigurar a cidade real — a das utilizações, das trocas e dos encontros quotidianos —, eis a nova e surpreendente possibilidade que se deixa timidamente entrever, oferecendo-nos assim uma oportunidade rara de imaginar o futuro sem medo nem pesar. Esta oportunidade não tem nada de subalterno nem de insignificante, e justifica plenamente que, para celebrar este advento, nela projetemos a sua realização num futuro próximo, na esperança de que, por uma vez só, a imaginação do futuro possa magnetizar a História presente, pôr a sociedade a mexer, deslocar as linhas de vida e subverter os medos ou os rancores dos menos imaginativos.

A UTOPIA

A bicicleta-liberdade

Dêmos então rédea solta à nossa imaginação. Imaginemos uma cidade, uma cidade grande, a Grande Paris, por exemplo, daqui a trinta anos. O problema da circulação foi resolvido de uma vez por todas. Os elétricos, autocarros e metros foram ampliados em abundância até às derradeiras fronteiras da antiga região parisiense. Os transportes públicos ignoram o traçado tradicional da Paris *intra muros.* Neste vasto conjunto, itinerários transversais, mais numerosos a cada dia que passa, permitem ligar um ponto a outro da forma mais direta possível. Entre as cinco e as nove horas da manhã, os veículos de entregas fazem o seu trabalho. Bem entendido, os veículos prioritários (ambulâncias, médicos, bombeiros, polícia) têm um estatuto excecional. No que toca ao resto, imensos parques de estacionamento de rotação concebidos pelos maiores arquitetos do mundo constituem, em diferentes pontos dos limites da Grande Paris, uma curiosidade monumental muito apreciada pelos turistas. É aí que os automobilistas e os motociclistas parisienses recuperam o seu bólide quando querem sair da capital. Alguns irredutíveis preferiram manter o carro mais perto e utilizam o parque de estacionamento do seu prédio. Foi-lhes concedida uma autorização que permite sair de Paris ou regressar a casa usando um dos quatro itinerários de saída e entrada reservados aos automóveis. Esta tolerância não é aplicada aos veículos novos, pelo que se estima que estes quatro itinerários reservados desaparecerão a muito breve trecho. Considerando que está interditada toda a circulação automóvel no interior da cidade, todos os espaços de circulação aumentaram consideravelmente graças à supressão dos lugares de estacionamento. Os veículos com estatuto excecional, os elétricos, os autocarros e os táxis deslocam-se assim facilmente nas respetivas vias dedicadas; no demais, a estrada pertence aos ciclistas, do mesmo modo que os passeios pertencem aos peões.

Encontramos bicicletas para alugar em todas as grandes estações de comboios, naturalmente, mas também junto a quase todas as estações de metro e paragens de elétrico ou autocarro. Também aqui encontramos amplos parques de estacionamento para bicicletas. O aluguer interessa sobretudo aos visitantes (Paris continua a ser o primeiro destino turístico do planeta), já que muitos parisienses se tornaram proprietários do seu meio de transporte favorito, dedicando-se com frequência a conferir-lhe um pequeno toque pessoal, a «personalizá-lo» (como faziam antes com os seus carros os automobilistas de quem Baudrillard escarnecia).

A personalização das bicicletas é muito mais sofisticada e inventiva do que a dos automobilistas, que passava sobretudo pela aplicação de pequenos objetos-fetiche — peluches, imagens de São Cristóvão ou todo o género de amuletos. Desde o início do século XXI, inúmeros ciclistas reinventaram a sua montada mudando-lhe por vezes a forma. Urge dizer que a bicicleta é, em si mesma, um objeto pequeno, um objeto incorporado, e não um espaço habitado, como o automóvel. Não o convertemos nem ornamentamos, fazemos «pequenas alterações». No limite entre as pequenas alterações e a conversão, existem essencialmente os acessórios que permitem transportar um determinado número de coisas: cestos ou sacolas. Podemos igualmente referir os diversos tipos de iluminação ou as placas refletoras que reforçam a segurança. No limite entre a conversão e a incorporação, as pessoas preferem usar determinado vestuário quando andam de bicicleta, o qual pode, também ele, dar resposta à preocupação de segurança (capacetes, casacos com faixas luminescentes, etc.) ou simplesmente a requisitos de conforto e do hábito. Além disso, como no século anterior, as pessoas escolhem sempre a sua bicicleta, a cor, o estilo, e basta um pormenor para a reconhecer à primeira vista no meio das outras. Paciente e fiel, é parte daquele a quem pertence; ninguém deseja separar-se dela e, *ceteris paribus*[7], o elo que nos une a ela faz um pouco lembrar o que evocava Aristófanes n'*O Banquete* de Platão: o verdadeiro ciclista só existe plenamente quando lhe é restituída a metade perdida do seu ser inicial, forma corpo com ela. O elo que une o ciclista à sua bicicleta é um elo de amor e, literalmente, de reconhecimento, que o tempo não destrói, mas reforça, se necessário, sob a forma da recordação e da nostalgia sempre que a vida os tenha separado.

Os faz-tudo das pequenas alterações levam muito mais longe o trabalho de «personalização».

---

[7] Expressão latina que se poderá traduzir como «tudo o mais mantendo-se constante» ou «em iguais circunstâncias». (N. da T.)

O seu engenho não tem limites. Alguns reinventaram mesmo a bicicleta, alongando o guiador, recuando o selim, teoricamente para melhorar o rendimento do esforço físico, cujas virtudes económicas haviam sido elogiadas por Illich alguns decénios antes. Alguns estendem-se sobre a bicicleta como numa cama. Outros dominam a rua, debruçados sobre a sua máquina de rodas imensas como se fossem andas. Com efeito, a preocupação em se fazerem notar não está ausente das suas diligências: quanto mais original for a sua máquina, mais visíveis são. Alguns chegaram mesmo a criar sítios na Internet que celebram a sua invenção. São populares. Vemo-los a chegar de longe, nas suas máquinas extravagantes. Reconhecemo-los, chamamo-los pelo nome ou apelido quando os vemos passar (alguns içaram um estandarte na bicicleta, uma auriflama com as suas cores, que se vê ao longe). Fazem parte do novo espetáculo da rua. Aliando o útil ao agradável, outros anexaram à sua montada uma pequena carreta e percorrem os mercados parisienses (sempre muito apreciados pelos turistas) para vender as suas mercadorias. Tradicionalistas, esforçam-se por se conciliar com o ritmo perdido dos anos que já lá vão e assumir o papel que, um século antes, era assumido pelos vendedores ambulantes. Apesar do aquecimento acelerado do planeta e das perturbações climáticas que continuam a surpreender os mais idosos, mas que todos os que têm menos de trinta anos encaram como naturais, apesar da mundialização do mercado da alimentação, vários entre eles «fazem de conta», empenham-se em vender apenas castanhas no inverno, apenas cerejas na primavera, apenas melões no verão e apenas cogumelos no outono. Nem sempre temos a certeza da proveniência exata destes alegados produtos da estação ou destes produtos de alegadas estações do ano, mas gostamos de encorajar estes comerciantes de ilusão e nostalgia.

A moda nos últimos anos tornou-se, aliás, decididamente «muito retro» e veem-se por toda a parte os «ciclotáxis», riquexós a pedais que se inspiram naqueles que rasgavam as ruas de Paris um século antes durante a guerra e a ocupação alemã. Motores elétricos relativamente potentes e absolutamente nada poluentes dão uma ajuda quando os seus condutores dela precisam; conseguem assim transportar facilmente até dois adultos nas suas pequenas carretas coloridas. Estes «ciclotáxis» são apreciados pelos turistas e pelas pessoas da quinta idade. Quanto aos motores elétricos integrados, quase invisíveis e perfeitamente silenciosos, fazem um bom serviço a todos aqueles cuja fragilidade, idade ou debilidade passageira tornam a viagem mais difícil nas encostas um pouco agrestes, mas que recuperam o moral com a consciência de dar a quem os olha uma espantosa impressão de facilidade. O motor elétrico é o instrumento da perfeita igualdade, a única forma incontestável de discriminação positiva. Os *tandens* voltaram a estar na moda, um belíssimo símbolo da necessária solidariedade dos casais, e surgiram novas expressões para celebrar a amizade e o amor, como «partilhar o *tandem*» ou «pedalar juntos». Espíritos mais complicados reinventaram as bicicletas de três selins. Já haviam existido em 1936, os documentários sobre a época comprovam-no. São vistos volta e meia com agrado, como se, sob alguns pontos de vista, representassem uma antecipação do que aconteceria um século depois.

A juventude do mundo

O desenvolvimento da bicicleta revolucionou a geografia urbana. As ciclovias que se estendem ao longo do Sena rumo a este e oeste permitem chegar facilmente a Suresnes, às ilhas e a Meudon, num lado, e ir ao encontro do Marne, no outro. Por toda a parte, as tascas receberam um novo sopro de vida. O acordeão de domingo e a gaita de foles voltaram a ser itens obrigatórios. Também aqui paira no ar um tudo-nada de aprazível nostalgia, mas é uma nostalgia aprazível, em forma de regresso, precisamente: celebramos ou cremos celebrar algo que se assemelha a um reencontro. As crianças são iniciadas na bicicleta logo muito cedo e são encorajadas a utilizá-la no caminho para a escola. A bem da informação e da segurança, todos os dias, de manhã e ao fim da tarde, são organizadas comitivas para os mais pequenos, que se iniciam assim na disciplina coletiva; seguem itinerários balizados e passam por pontos fixos que são, ao mesmo tempo, pontos de encontro onde os pais os podem receber, também eles a pedais. Rapazes e raparigas fazem juntos a aprendizagem do corpo e da mobilidade. Todos os estabelecimentos escolares estão envolvidos. Faz já muito tempo que o integrismo religioso foi forçado a recuar perante a bicicleta, e a moda do seu uso libertou definitivamente as poucas rapariguinhas cujos pais atrasados mentais ou irmãos retrógrados tentavam impedir de cavalgar a máquina satânica. As pessoas recordam-se de que, muito cedo, de um só fôlego, no final do século XIX, a bicicleta fora, nos Estados Unidos e na Europa, um instrumento de libertação das mulheres que, com as suas calças largas e os seus calções franzidos, ousaram afrontar a pudibunda mediocridade de sexistas de todas as estirpes. A História é lenta, mas ela avança, sublinham os mais otimistas. E eis que, hoje em dia, a juventude dos bairros mais populares mistura-se nas estradas de Île-de-France com a dos bairros menos populares, numa mescla de todos os sexos. É criada uma nova rede de pousadas da juventude e os jovens descobrem novas paisagens sem recurso à televisão. Estamos outra vez em 1936, com a diferença de que praticamente não há qualquer ameaça de guerra no horizonte.

Respira-se melhor. São de novo percetíveis o perfume dos castanheiros na primavera e o das castanhas assadas no inverno, bem como os diversos odores que perdêramos o hábito de captar. Reencontrámos o aroma das flores, dos frutos, do marisco e do peixe nas bancadas dos mercados, o odor da roupa acabada de lavar ou da água-de-colónia, o do ar em si mesmo, que, passado algum tempo, se impregnou de um vago sabor a frutos vermelhos e que muitos se empenham em aspirar a plenos pulmões para se desintoxicar.

O cantor da moda é novamente Charles Trenet: *Y a d'la joie...*[8]

Contribui igualmente para o encanto das ruas a serenidade redescoberta de todos os condutores. Os motoristas de táxi são sempre amáveis, estão sempre de bom humor, sempre disponíveis, e conduzem sem impaciências nem resmungos. A situação política já não lhes inspira comentários agressivos. Já não se aglomeram nos aeroportos para evitar a circulação urbana e, se ostentarmos um semblante perdido, nem que só vagamente, logo há um que para e pergunta se precisamos dele. Os polícias de trânsito praticamente não têm trabalho para fazer e, no ambiente generalizado de bom humor, a polícia só raramente se vê e apresenta-se complacente quando faz uma aparição. Urge dizer que a indústria do ciclismo e todos os serviços relacionados levaram um sério empurrão de crescimento. A indústria automóvel não passa nada mal e não parece sofrer em demasia com a libertação dos espaços urbanos. Multiplicaram-se os veículos de lazer — pequenos descapotáveis e pequenos carros de todos os géneros para as férias —, e o enorme esforço no sentido de

---

[8] Tradução livre: «Sente-se a alegria no ar...» (N. da T.)

desenvolver os transportes públicos gerou uma verdadeira explosão da economia.

O prestígio da bicicleta é tal que o ciclismo como desporto conheceu um regresso sob formas inesperadas. O desporto amador ganhou nova vida com as competições de ciclismo entre escolas e entre universidades; a Volta à França universitária é uma prova cada vez mais acompanhada na televisão. É uma prova, num certo sentido, semiprofissional, já que tem prémios, mas estes consistem em meses de bolsas de formação financiadas pelas empresas ou pelas entidades públicas. As etapas são curtas, para não dar cabo dos atletas; a alimentação é gratuita e, por vezes, já se viu concorrentes abancados à beira da estrada a partilhar a bucha que lhes dão os espetadores, para depois partirem novamente de língua de fora no assalto a um cume alpino. Nos Jogos Olímpicos, dos quais o desporto profissional foi definitivamente banido, as provas de ciclismo de pista e de estrada conhecem um grande êxito de audiências: aqui defrontam-se jovens evidentemente talentosos, mas cujos desempenhos cronométricos são muito mais modestos do que os registados nos últimos anos do «profissionalismo». Como se costuma dizer, puseram-se os contadores a zero e o livro dos recordes foi reiniciado. Alguns queriam levar a reforma ainda mais longe e suprimir a noção de recorde, mas não ganharam essa parada. Realizaram-se colóquios nacionais e internacionais e os radicais foram forçados a ceder perante aqueles que fizeram prevalecer que a noção de recorde nascia de uma luta connosco mesmos, que era a quinta essência do desenvolvimento pessoal e que não era, de todo, uma contestação do outro. A reforma do ciclismo desportivo desencadeou uma reflexão mais geral e deu origem a consequências revolucionárias em todos os desportos. Os meios de comunicação social apoiaram o movimento quando perceberam a simpatia do público e compreenderam as novas perspetivas do mercado publicitário que se abriam diante de si. O desporto amador substituiu a telerrealidade; dá-se-lhe agora o nome de televerdade, para recordar que exclui qualquer forma de ficção e que todas as emissões de televerdade desportiva são um enorme sucesso.

O efeito pedalada

«Efeito pedalada»: é esta a nova expressão da moda. Veio substituir a expressão «efeito borboleta». Efetivamente, recorda-se com gosto, a este propósito, a conferência do meteorologista Lorenz, em 1972, e a pergunta provocadora que lhe dava título: «Poderá o batimento das asas de uma borboleta no Brasil provocar um tornado no Texas?» Atualmente, os investigadores de ciências sociais questionam-se se a teoria do caos não se aplicaria com ainda mais pertinência à atualidade mundial. Com o agudo sentido de previsibilidade retrospetiva que frequentemente os caracteriza, registam que tudo terá possivelmente partido, um dia, de uma iniciativa municipal numa cidade do Norte da Europa, para oficializar de alguma forma e proteger a primeira pedalada de um transeunte na cidade. O exemplo propagou-se, como assistimos em França, primeiro a algumas pequenas cidades, depois a Lyon, a Paris e rapidamente a todas as demais cidades francesas, mas também, e ainda mais, a todas as grandes metrópoles mundiais. Devem-se a isso, em grande parte, a transformação da qualidade de vida e a melhoria da situação ecológica do planeta, mas os efeitos colaterais são verdadeiramente espantosos, nomeadamente nos domínios social e político. As barreiras de classes abrem-se ou desmoronam. As potências petrolíferas têm cada vez menos clientes e, numa consequência que entusiasma os mais materialistas dos observadores, o proselitismo religioso esgota-se.

Tudo parece suceder como se o politeísmo ciclista tivesse subvertido o monoteísmo petrolífero. É indubitável a concorrência feroz em torno do fabrico de velocípedes, mas o público potencial é enorme e as suas exigências crescem sem parar. Os velocípedes africanos estão a dificultar a vida às bicicletas asiáticas. Os investigadores multiplicam descobertas e redescobertas (bicicletas dobráveis, bicicletas portáteis, bicicletas universais, bicicletas de conserto invisível, bicicletas musicais, bicicletas insubmersíveis, bicicletas aquáticas, bicicletas à vela...). Há sábios bem posicionados para descobrir a forma de captar e transformar a energia gerada pelos pedaladores; estão a ser construídas estradas experimentais equipadas para este efeito. Pensa-se poder alimentar deste modo faixas inteiras do setor energético.

Alguns observadores chegam por vezes mesmo a temer que a frescura inicial do movimento ciclista mundial possa, a longo prazo, ser afetada por esta realidade. Entretanto, o entusiasmo manteve-se intacto. Respondendo ao apelo de um certo número de governos («Ciclistas de todas as nações, uni-vos!»), celebrações gigantescas reuniram milhões de pessoas de todas as idades em Pequim, São Francisco e Joanesburgo. A produção está em plena ascensão. As técnicas de comercialização e promoção rivalizam em engenho e arte. O capitalismo tira o seu proveito, mas as exigências dos utilizadores no domínio da organização do trabalho, da educação e do tempo de lazer são tais que há quem se chegue a questionar se não terá sido, afinal de contas, a bicicleta a permitir a invenção da terceira via, aquela que, entre liberalismo e socialismo, se preocupa sobretudo com a felicidade dos indivíduos. Foram organizadas conferências internacionais para aprofundar a questão. As mais recentes, que tiveram lugar no polo universitário de Aubervilliers («A bicicleta e o fim das ideologias», em 2036, e «A bicicleta ou a morte de Deus», em 2037), tiveram repercussões em todo o mundo. Por fim, algumas felizes iniciativas permitiram constatar que o homem genérico (o ser humano, homem ou mulher, novo ou velho) e a sua nova montada formavam, a partir de agora, uma só unidade. A mais recente é também a mais vertiginosa, e a sua imagem permanece para sempre gravada nas memórias: desde que o primeiro ser humano pedalou em Marte sob os olhares de nove mil milhões de terráqueos, algo mudou na história do planeta e na consciência dos homens.

REGRESSO À TERRA

De tanto evocarmos a utopia, corremos o risco de sofrer uma queda bem lá do alto. Vou então interromper esta evocação da pedalada em estado de imponderabilidade. A imponderabilidade, todavia, é algo que cremos, mais do que nunca, conhecer ou reconhecer. As imagens do mundo atual ressuscitam esse sonho quando nos propõem o espetáculo dos aviões de grande porte que descolam com algumas centenas de passageiros a bordo, os foguetões do Cabo Canaveral e a sua majestosa descolagem, a cintilação das megalópoles sobrevoadas de noite por um qualquer helicóptero invisível nos ecrãs da nossa televisão, o planeta observado por satélites ou ainda personagens de ficção como o Batman ou o Homem-Aranha, que todos os efeitos especiais do cinema projetam para os quatro cantos do universo. Estas imagens fascinam porque ilustram e despertam o nosso desejo de escapar aos fardos do quotidiano. Não há dúvida alguma de que, mediante a utilização da bicicleta, os seres humanos conseguem satisfazer algo deste desejo de fluidez, de leveza, eu diria mesmo: de liquidez — este desejo que expressam tão bem as palavras que usam para falar das novas tecnologias (eles «surfam» ou «navegam» na Internet). «Os rios são caminhos que andam», escrevia Pascal. Podemos imaginar que, no sentido inverso, os homens terão tido vontade de transformar os caminhos em rios. Além do mais, segundo consta, Pascal terá inventado o carrinho de mão. Sem outro auxiliar além da força desmultiplicada do corpo, a bicicleta permite realizar em certa medida este ideal de mobilidade facilitada. O sonho do ciclista é o de se identificar em terra com o peixe que nada na água ou com a ave que voa no céu, mesmo que tenha de medir forças com os constrangimentos do espaço.

Na verdade, o mérito do ciclismo, ao contrário desta ilusão demasiado sedutora, é precisamente o de nos impor uma consciência mais aguda do espaço e, igualmente, do tempo. Vemo-lo bem hoje em dia em Paris, onde as bicicletas de aluguer se amontoam nos postos instalados nas bermas das ruas. Os pequenos camiões encarregados do aprovisionamento dos postos funcionam assim como ascensores de montanha que ajudam os mais preguiçosos a entregarem-se sem problemas às delícias da infindável descida e da roda livre à discrição. Mas mesmo estes menos aficionados do trabalho muscular fazem, à sua maneira, a sua aprendizagem do espaço e da paisagem concretos. Se rejeitam subir a rue Saint-Jacques ou a rue des Martyrs, tal não se deve sempre a pura falta de vontade ou hedonismo; é muitas vezes porque tomam consciência da sua idade ou da sua falta de forma física, e da necessidade de remediar estas fraquezas tanto quanto possível. Farão uma nova tentativa passado algum tempo, depois de uma certa dieta ou algum exercício. O milagre da bicicleta é que funciona como uma afável chamada à ordem biológica, da mesma forma que impõe a todos os que a praticam um grau de vigilância mínimo.

Todos os convites à passividade que, para muitos indivíduos, constituem a sua relação com os meios de comunicação de diversas índoles, dissipam-se quando sobem para o selim; tornam-se responsáveis por si mesmos e ganham imediatamente consciência. Tomam consciência simultaneamente do lugar que é o seu, aquele que podem percorrer em todos os sentidos, e dos itinerários que os afastam ou levam até ele. Se considerarmos, ainda, que a prática da bicicleta lhes permite, regra geral, mergulhar novamente nas suas recordações de infância e na continuidade da sua vida, chegaremos à conclusão de que a experiência da prática ciclista é uma prova existencial fundamental que dá confiança àqueles que a ela se entregam na sua consciência identitária: pedalo, logo existo.

O êxito atual da bicicleta, nomeadamente junto dos jovens, é assim, antes de mais, revelador. Assume-se como um sintoma. Com efeito, o que nos escapa atualmente, neste mundo de imagens e mensagens mediáticas, é antes de mais o princípio de realidade. Nós damos por garantido o sentimento de existirmos, expressando incessantemente a nossa opinião, por mais formatada que possa ter sido pelo meio ambiente. Expressamo-la aos nossos vizinhos, quando os temos, na Internet, se soubermos navegar, na televisão, se formos selecionados para aí nos expressarmos, ou ainda nas sondagens, se formos inquiridos, e mesmo que não o sejamos, já que nos dizem aquilo que a maioria de nós pensa. A moda da bicicleta deriva sem dúvida, por um lado, deste fenómeno de opinião; contudo, a partir do momento em que nos pomos no selim, as coisas mudam e nós reencontramo-nos, seguramos novamente as rédeas de nós mesmos. A nossa história pessoal assume o controlo. O mundo exterior impõe-se-nos, concretamente, nas suas dimensões mais físicas. Resiste-nos e obriga-nos a um esforço da vontade, mas, ao mesmo tempo, oferece-se-nos como um espaço de liberdade íntima e de iniciativa pessoal, como um espaço *poético*, no sentido pleno e primeiro da palavra.

As crianças, mais do que os adultos, são naturalmente filósofas e interrogam-se constantemente. Ainda não estão *habituadas* e o espetáculo das coisas inertes surpreende-as tanto quanto o das diversas formas de vida. Simultaneamente, comportam-se como poetas; brincam, inventam ficções, mas, contrariamente ao adolescente, que corre sempre o risco de ficar preso aos fantasmas dos seus sonhos diurnos e de roçar o estado de neurose, lembra-nos Freud no seu artigo «O escritor e a fantasia»[9], as crianças sabem fazer parte das coisas e distinguem o seu mundo lúdico da realidade. A utilização da bicicleta torna-nos, por um lado, uma alma de criança e restitui-nos simultaneamente a capacidade de brincar e o sentido da realidade. Assemelha-se assim a uma espécie de *reforço* (no sentido utilizado quando falamos de vacinas «de reforço»), mas também a uma *formação*

---

[9] *L'inquiétante étrangeté et autres essais,* Gallimard, Folio, 1985.

contínua para a aprendizagem da liberdade, da lucidez e, por esta via, quem sabe, qualquer coisa que se poderá assemelhar a felicidade.

O simples facto de a prática da bicicleta conferir deste modo uma dimensão percetível ao sonho de um mundo utópico, onde a satisfação de viver seria a prioridade de cada um e garantiria o respeito de todos, dá-nos razões para ter esperança. Regresso à utopia, regresso à realidade, é quase assim. Peguem nas vossas bicicletas para mudar de vida! O ciclismo é um humanismo.

ÍNDICE

A bicicleta, do mito à utopia 7

O mito vivido 13
O mito e a história 15
A descoberta de nós mesmos 27
A descoberta dos outros 31

A crise 37
O mito em ruína 40
A urbanização do mundo: em busca da cidade perdida 46
Saída da crise? 49

A utopia 59
A bicicleta-liberdade 61
A juventude do mundo 67
O efeito pedalada 72

Regresso à Terra 77